UN PRENOM, UN SOUHAIT !

UN PRENOM, UN SOUHAIT !

100 POUR 100 ACROSTICHES (+10)

Jean JEUDI DISANOA

*Si tu aimes, n'oublie pas de me dire ce que tu en penses dans **les commentaires sur la page de vente du livre ou fais un tour**

- sur mon site **MORT DE RIME !** ,

- sur ma **chaîne You Tube :** EX PERE DE JEUX DE MOTS

- ou tu me le dis à tout moment par e-mail au jeanjeudid@gmail.com.

DEDICACE

Je remercie très spécialement l'artiste de COTTONBRO STUDIO qui a pris cette merveilleuse photo festive qui m'a beaucoup servi pour la couverture aussi bien pour l'ancienne et la nouvelle version de ce livre !

AVANT-PROPOS

Adorant les acrostiches pour leur côté poétique et surtout personnalisés, ciblés et intimes, je m'adonnais plaisamment à en écrire pour mes proches lors de leurs anniversaires et, particulièrement, au moment des fêtes de fin d'année.

J'en ai écrit pas mal et chaque année je les adressais à ma famille et des amis proches. Et, leur réaction après avoir lu mes vœux en vers était toujours attendrissante. Beaucoup parmi eux m'avouaient que ces quelques mots doux, spécialement écrit pour chacun d'eux, réchauffaient leurs cœurs et leur portaient bonheur toute l'année. La joie a toujours été partagée. Et, personnellement, je trouve qu'il n'y a pas plus beau que faire du bien aux siens et les savoir satisfaits et heureux dès les premières heures d'une nouvelle année.

C'est pourquoi, cette année, j'ai décidé d'écrire de dizaines de ces poèmes afin d'offrir la possibilité à plusieurs (toi y compris) de réjouir, à leur tour, leurs proches pendant les festivités de fin et/ou début d'année.

Dédier des vers à sa famille, à ses amis et à ses amours pour les aider à commencer l'année avec une pluie de bonnes ondes est la raison d'être de ce livre !

Vous trouverez dans ce livre que j'ai eu tellement de joie à écrire, vers par vers, de beaux poèmes alexandrins en acrostiches, pleins de fun et très modernes, pour permettre à tout le monde de faire plaisir à leur famille et leur cercle d'amis afin de commencer l'année de la meilleure des façons !

Dans ce livre, il y a des poèmes personnalisés à adresser à un.e de tes ami.e.s ; à ton ou ta chéri.e ou mieux à ton mari ou à ta femme ; à tes parents, à ton frère ou ta sœur, à ton petit neveu ou à ta nièce ; à un.e de tes voisin.e.s, à un.e collègue et à toutes tes connaissances.

TABLE DES MATIERES

AVERTISSEMENT

Ce numéro de *Un Prénom, Un Souhait* est la version intégrale et il rassemble les deux volumes de l'ancienne version, avec de nouvelles surprises, pour un plaisir deux en un. Avec un nouveau look et des poèmes en vers en plus, pour des prénoms de toute origine et de tout genre, souhaiter la bonne année aux tiens, tout en rimes !

Dans cette version, il y a toujours les 100 acrostiches et en rimes croisées et en rimes plates pour 100 prénoms +10 (pour plus de représentativité). Afin de ne pas faire des jaloux, il y a maintenant des acrostiches pour les initiales des prénoms de toutes les lettres, de A à Z (j'avais reçu des plaintes) ; des acrostiches pour des prénoms unisexes et même des poèmes passe-partout pour tes proches ayant des prénoms non présents dans ce livre.

Pour faire ça, il y a donc dans cette version intégrale un bonus exceptionnel des acrostiches à souhaits :

* pour les lettres omises (O, U, X, Y, Z) dans la précédente version :

- Olive

- Ulysse

- Xavier

- Younes

- Zoé

* pour ceux portant des prénoms non présents dans ce livre (ils sont forcément) :

- Papa

- Maman

- Garçon

- Fille

BONNE ANNEE

Jean JEUDI D.
UN prénom souhait
100 pour 100 ACROSTICHES

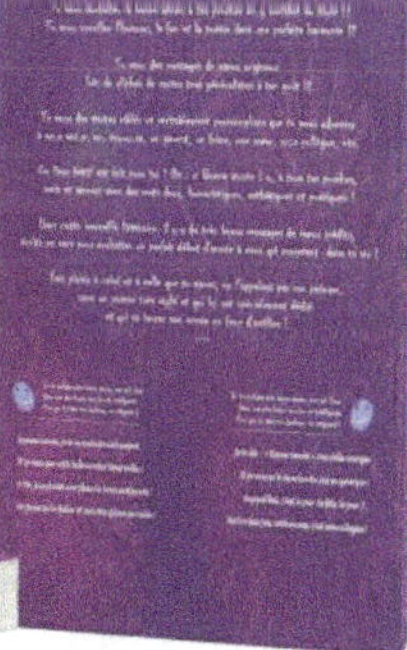

Bonne année, ma belle Alice,
Toi qui as les yeux doux et la peau lisse :
Dans le cœur du bonheur, entre en lice !

Allez, ça y est ! Oui, c'est la nouvelle année, yes !

L'année des merveilles, des surprises, des liesses !

Il faut y entrer en mettant tout ton blues en pièce !

Chante de joie, même jusque dans ta vieillesse.

Et : « Très bonne année », je le crie, avec hardiesse !

Jean JEUDI D.

Que cette année te soit belle, Adrian,
Qu'elle soit précieuse, tel un arbre de diane ;
Que tu y décroches la Diane !

Année nouvelle, ambition nouvelle initiée !

Démarre cette année mieux que la précédente.

Rien n'est contre toi ; ta vie, il faut l'apprécier !

Il est l'heure des réjouissances abondantes !

A toi, je dis : « Bonne année », d'un fun carnassier !

Ne fais qu'aimer, même de façon redondantes !

Bonne année, ma chère Amanda !
Si, de te réjouir, tu me donnes le mandat,
Je vais te dédier mes vœux, de la véranda !

Au moment où, enfin, cette année se termine,

Moi, j'ai une forte envie de te faire plaisir.

A cet instant, je veux que tu aies bonne mine

Ne pensant qu'à satisfaire tous tes désirs.

Dans ton cœur, j'aimerais que les vraies joies culminent.

Au fait, bonne année ! Laisse tes joues en rosir !

Jean JEUDI D.

Bonne année, Alain,
Mon petit malin,
Fête avec les tiens, mets partout ton grain salin !

Attends-toi à une année qui sera fantasque !

Le fun va foncer dans ton cœur ; as-tu ton casque ?!

Aujourd'hui, chille, sans stress, sans filtre, sans masque !

Il faut que tu t'amuses, comme font les Basques !

Ne fais que fêter ; bonne année, ne sois pas flasque !

Bonne année, ma charmante Anaïs,
On va péter le pop-corn ; tu as du maïs ?!
Fêtons l'année nouvelle où les joies rejaillissent !

Avoue qu'une nouvelle année est excitante ;

Ne nie pas que tu as eu marre de l'attente.

Au final, on y est ; donc, fais place à la détente !

Il faut que, cette année, au fun, tu te sustentes.

Sois heureuse ; très bonne année ! Alors, contente !?

Jean JEUDI D.

Qu'elle t'émerveille cette année, Amadou !
Oublie les soucis, ils sentent pire que la gadoue ;
Et, fais la fête, même dans un parka doux !

Afin que cette année nouvelle t'émerveille

Mets-toi à sauter sans joie ni fun contenus !

Arrête de biler, mets tes soucis en veille !

Danse, mon cher, avec un entrain soutenu.

On a qu'une vie donc mets ta liesse en éveil.

Une bonne année à toi ! Fête sans retenue !

Bonne année, ma belle Audrey,
Fête toute l'année, même s'il le faudrait
Et personne ne t'en voudrait !

A toi, la personne que je préfère au monde ;

U ne très heureuse année à toi, ma belle Audrey !

D étourne-toi des choses tristes et immondes.

R is même sans raison, nulle ne t'en voudrait.

E t, cette année, ta joie va plaire à tout le monde.

Y es, réjouis-toi qu'importe ce qui adviendrait !

Jean JEUDI D.

Bonne année, mon cher Armand,
De vivre heureux, fais-en le serment
Toi qui es si doux et charmant !

Afin que cette année se termine en beauté

Rien ne me fait plus plaisir que te faire rire.

Mon beau, que la bonne humeur soit à tes côtés ;

A toi, je dis : « Bonne année », en mille sourires !

Ne songe qu'à remplir ta vie de nouveautés.

De janvier à décembre, fête à en mourir !

Bonne année, ma chère Aurore,
Aussi brillante que l'aurore :
Vis le bonheur et ne suis pas ceux qui pérorent !

A l'aube de cette alléchante année nouvelle,

Un beau souhait est adressé à ton endroit.

Reçois les très beaux vœux que je te renouvelle.

Oublie tout ; file vers ton bonheur : c'est tout droit !

Rien ne doit plus te faire mal à la cervelle.

En te souhaitant bonne année, à t'enjouer, j'y crois !

Jean JEUDI D.

Bonne année, Bryan !
On va fêter sur la lune, sur la Diane
Et on y ira en vitesse, en Diane !

Bonne année, mon ami, on y est enfin ; festoie !

Rien ne doit plus te réjouir ; allez, marre-toi !

Yes, c'est la fête ; le seum, dans ton cœur, nettoie !

A toi, je souhaite que le bonheur te côtoie !

N'hésite pas ; crie : « Bonne année », sur tous les toits !

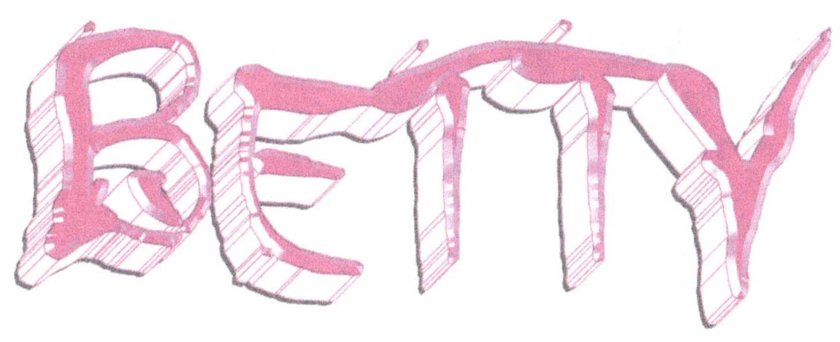

Bonne année, ma belle Betty,
Pour te mettre en appétit
Je te fais mes vœux en jet de confettis !

Bonne année, je le dis à ma belle Betty

Et je veux qu'on la fête avec des confettis !

Tu n'as plus à avoir peur, même du yéti ;

T'as qu'à laisser mes vœux te mettre en appétit !

Youpi ! Cette année sera fun, tels spaghettis !

Jean JEUDI D.

Bonne année, mon beau Cédric !
Hey, pas besoin de trop de fric
Pour construire ton bonheur brique par brique !

C'est le jour J, je te souhaite une heureuse année !

Enjaille-toi ; ta liesse, il faut que tu l'exprimes.

Détends-toi ; cette année, tu vas plus que planer !

Ris et laisse dans ton cœur que le fun s'imprime !

Il est grand temps de laisser tes soucis faner ;

C'est jour de fête ; donc fête en dansant sur ces rimes !

Dans mon cœur jouissif, je sens que les joies fourmillent
Quand je te souhaite une très bonne année, Camille
Puisque réjouir les siens, chez moi, c'est de famille !

Cette année, c'est l'année de toutes les surprises ;

Alors, fais-en aux tiens qui veulent lâcher prise !

Mets-toi dans le vent ; du gâteau, sois la cerise !

Il faut que, pour tous tes proches, tu sois la brise !

Leur faisant plaisir, toute l'année, même en crise ;

Leur laissant vivre un fun de ouf qui électrise

En leur souhaitant la bonne année, tout en maîtrise !

Jean JEUDI D.

Bonne année, mon cher Charles !
Je sais que ces mots te parlent,
Qu'à tes yeux, ils valent de perles !

C'est l'année nouvelle, elle va être super !

Heureuse année, mon ami, tout sera pépère !

Amuse-toi, avec le bonheur, fais la paire !

Recherche le fun et ta vie sera prospère,

Les plaisirs abonderont dans ton cœur ; j'espère !

Emerveille, à souhait, tous tes proches et compairs ;

Souris-leur en les couvrant d'amour, mon p'tit père !

Bonne année, ma merveilleuse Carmen,
A la joie et à l'élégance surhumaine ;
Ne laisse jamais que le spleen te malmène !

Comme pour que l'année finisse plaisamment

A la rigolade, il faut bien que tu t'y mettes !

Reçois les beaux vœux que je t'adresse instamment

Maintenant que les circonstances le permettent.

En riant, je te dis : « Bonne année », brillamment !

Ne t'en fais pas ; on va fêter sur une comète !

Jean JEUDI D.

Très belle année, chéri Christian,
Je te ferai ta fête, en te couvrant de tian ;
Car qui aime, aime mieux en châtiant !

Cher ami, c'est le moment des célébrations ;

Heureuse année, mec ! Lance-la avec passion !

Rigole sans arrêt ; oublie tes frustrations.

Il faut que tu fasses de réjouir ta mission !

Souris, tes joies seront en accumulation ;

Tu vivras le plaisir, la vraie satisfaction !

Il n'y a qu'au bonheur qu'il faut penser, sans pression !

Amuse-toi, mets ta bonne humeur en action ;

Ne pense qu'aux tiens et à tes résolutions !

Bonne année, chère Caroline,
Toi devant qui la tristesse s'incline
Quand tu agites tes mirettes cristallines !

Comme pour terminer une année en beauté,

A ses proches, on souhaite ses vœux les meilleurs.

Recouvrir ta vie de plaisirs, de nouveautés

Ou d'affections est mon unique envie, d'ailleurs.

Lâche-toi, reçois le bonheur à tes côtés !

Il te faut toujours sourire et fuir les railleurs.

Ne fais que te divertir sans penser fauter

En chantant, je te dis : « Bonne année ! », sans frayeurs.

Jean JEUDI D.

Qu'elle soit belle pour toi, cette année, Claude !
Mets tes habits de fête, mets même une blaude,
Car aujourd'hui, le blues, il faut qu'on le pelaude !

Chou, je te souhaite une excellente année, hourra !

La fête, elle doit prendre toute la journée.

Amuse-toi, chille et advienne que pourra !

Une nouvelle année pour être plus acharné.

Détends-toi, aujourd'hui, de rire, tu mourras

Et, cette année, de plaisir, tu seras orné !

Miss, bombe-toi la poitrine !
J'ai mis mon grain de sel, saveur marine
Pour te souhaiter bonne année, chère Catherine !

Chérie, c'est la fin de l'année ; tu t'en rends compte !?

Alors, ce soir, tu dois en avoir pour ton compte !

Tu dois t'y plaire, il faut que tu te la racontes.

Heureuse année ! Que ta vie soit plus fun qu'un conte !

Enjaille-toi, fais la bringue comme un vicomte !

Rien ne doit ralentir ta joie qui pour moi compte !

Il faut que tu sois là à la fin du décompte ;

Ne stresse pas ; les confettis, c'est à mon compte,

Et, crie avec moi : « Bonne année » au bout du compte !

Jean JEUDI D.

Belle et merveilleuse année, David,
Toi qui n'as rien d'avide ;
Bois l'eau du bonheur jusqu'à ce que tu la vides !

Dépêche-toi, saute de joie ; c'est le grand jour !

Amuse-toi, toute cette année, tous les jours !

Vis ta vie gaiement, mets ta liesse au goût du jour !

Il est temps de fêter, de couler d'heureux jours !

Détends-toi ; excellente année, souris toujours !

Bonne année, ma belle Cécile,
Ne bouge pas d'un cil,
Souris et tout te sera facile !

Comme j'ai un plaisir vraiment indescriptible

Et une bonne humeur complètement ineffable ;

Comme je t'adore, de manière indicible,

Infiniment, je t'adresse mes vœux affables.

Le bonheur, je te le souhaite, sois-y sensible !

Et, très bonne année, ma chérie si formidable !

Jean JEUDI D.

Bonne année, Dimitri,
De tes sentiments, fais le tri
Et ne ressens que ceux qui, du fun, sont pétris !

Dis : « Adieu ! » aux ennuis passés en cet instant ;

Incinère ton spleen au feu de joie constant ;

Magne-toi, vis ta vie à fond, en dégustant !

Il est temps de chiller, de chanter en toastant !

Tu sais, sourire égaie les cœurs, en les boostant.

Rien qu'à toi je dis : « Bonne année » en insistant !

Il faut plus qu'avec les soucis tu sois distant !

Bonne année, petite Chloé,
Que ta vie soit belle comme à Siloé,
Écrase tes soucis comme des méloés !

Comme enfin cette année se termine en trompette,

Heureuse, je veux que tu sois et non pompette.

L'année qui vient sera cool, le champagne pète ;

On fera des vagues ; on y fera trempette !

Eh bien, bonne année ! Je veux que tu te la pètes !

Jean JEUDI D.

Bonne année, mon cher Eliot,
Cette année, fais la fête, danse, riote
Et, oublie toutes les pensées idiotes !

Esquisse un grand sourire, mon très cher ami,

Le fun va te submerger comme un tsunami !

Il est temps de festoyer, comme à Miami ;

On va s'enjailler, même sur le tatami !

Tiens, mes meilleurs vœux ; magique année, mon ami !

Bonne année, la nana saveur mandarina !
Reste juteuse et fun, ma chère Christina
Comme Pepsi, Coca-Cola, Orangina !

Chère Tina, la nouvelle année ; on y est presque !

Heureuse, garde ton humeur, comme une fresque !

Rien ne doit entamer ton beau bonheur dantesque.

Il est sûr que l'année qui vient sera clownesque.

Si tu souris, ta vie sera rocambolesque ;

Ton année sera formidable et non burlesque.

Il est grand temps de vivre un plaisir gargantuesque !

Ne fais que rire ; que ton fun soit gigantesque.

A toi, je dis : « Joyeuse année ! » ; joies titanesques !

Jean JEUDI D.

Je te souhaite bonne année, Emmanuel,
N'aie pas de bonne humeur résiduelle
Pour que ton bonheur reste à jamais actuel !

Enfin, mon ami, cette année est terminée ;

Maintenant, une nouvelle commence en fanfare !

Mes vœux les plus chers, j'entends te le destiner

Afin que toute l'année tu piques un fard !

Ne laisse croître en toi qu'une joie raffinée,

Un bonheur parfait au parfum de nénuphar !

Et, je te dis : « Bonne année ! » d'un cœur fasciné.

La jovialité, fais-en ton sentiment phare !

Bonne année, ma chérie Coralie,
La coupe du bonheur, tout droit d'Italie ;
On va la boire jusqu'à la lie !

C'est enfin la fin de l'année, jolie princesse !

Oublie de te morfondre, c'est de la bassesse !

Rien est contre toi ; le seum, il faut que ça cesse !

A rire jusqu'aux oreilles ; fais-le sans cesse !

Livre-toi au bonheur, comme les vraies suissesses ;

Il faut t'amuser, même pendant une grossesse.

Et, bonne année ! Fête noblement, tel Ramsès !

Jean JEUDI D.

Cette année sera aussi douce que la soie ;
Saute de joie où que tu sois !
Très bonne année, mon cher François !

Fais du bruit, entre dans l'année nouvelle en force !

Ris, saute de joie ; c'est l'heure de célébrer !

A fond, fête cette année, en bombant le torse

Ne faisant que danser, même comme un timbré !

Cher ami, allez ; les festivités, j'amorce !

On va kiffer, on va chiller, on va sabrer !

Il est grand temps qu'avec les soucis, tu divorces ;

Souris ; je te souhaite une bonne année vibrée !

Bonne année, jolie Corine,
Toi qui sens meilleur que la mandarine,
Répands ton parfum pour égayer nos narines !

C'est toujours bon de finir l'année en beauté,

Oublier les soucis et les mauvaises passes.

Rien ne doit plus te réjouir que la nouveauté.

Il faut qu'en cette neuve année tu te surpasses.

N'aie plus peur ; chouette année ! De joie, il faut sauter.

Et si tu veux le bonheur, ris quoi qu'il se passe !

Jean JEUDI D.

Une joyeuse année, mon beau Frédéric !
Cette année, tout dans ta vie sera féerique ;
Pour y'être heureux chaque jour, pas besoin de fric !

Fête la nouvelle année, comme un couche-tard :

Ris, chante, danse et fais la fête, mec, sans cesse !

Enjaille-toi, fais-le même comme une star !

Détends-toi, à la cool, tels princes et princesses !

Elle sera fun, cette année ; sans maux, sans tares ;

Rien ne va te déranger, aucune bassesse !

Il faut fêter ce jour, même sur une guitare !

Célèbre cette année, comme suisse et suissesse !

Je te souhaite bonne année, ma Déborah !
T'abattre cette année, nul ne saura,
Car elle va tout vaincre, ton aura !

Déborah, moi, je te souhaite une année parfaite

En te disant tous les jours, d'y faire la fête !

Bonne année, chérie ! Marre-toi, comme moufette ;

Oublie tout ; bannis de ta tête la défaite !

Rien ne pourra rendre ton plaisir moindre, au fait !

Aie plus la tête pleine de fun que bien faite !

Heureuse année ! Tu n'y seras que satisfaite !

Jean JEUDI D.

Bonne année, mon beau Gabriel ;
Que cette année te soit sucrée comme du miel !
Des joies, connais-en une kyrielle !

Grassement, fais la fête ; cette année, festoie !

Aujourd'hui, on va même chanter sur les toits :

« **B**onne année » en multilingue, même en patois !

Rigole, danse ; vis ta vie et détends-toi !

Il n'y a que le bonheur qui, de l'ennui, nettoie ;

Et alors, le tien, il faut que tu le tutoies !

L'année sera hype ; égaie ceux qui te côtoient !

Bonne année, ma belle Esther,
Ce n'est pas un grand mystère :
Ta beauté est à tomber par terre !

En cette nouvelle année, ma belle, souris !

Si tu as des ennuis, continue de sourire ;

Tout te sera frais, rien ne te sera pourri !

Hey, bonne année, toi ! Ton bonheur ne va tarir.

Et n'oublie jamais, seule la gaieté nourrit.

Ris chaque jour, tu ne pourras pas en mourir !

Jean JEUDI D.

Avec une bonne humeur que je ne nomme
Je te souhaite une bonne année, jeune homme !
Fais la fête, tous les jours, en Bon homme !

Gars, enfin, l'heure de toutes les envies sonne

Alors, n'attends plus, exulte comme ma poire !

Rien qu'à toi, je souhaite que le fun te façonne !

Chille et souris ; fais de ta vie la grande foire !

Oublie tout et fais la fête comme personne !

Ne pense qu'au bonheur ; bonne année, sans histoires !

Une très joyeuse année, Eunice ;
Que le chemin vers ton bonheur s'aplanisse
Afin qu'à lui ton cœur s'unisse !

E n ce moment où l'année nouvelle s'annonce,

U n souhait de meilleurs vœux t'est gaiement adressé.

N e fais aucune infamie que les lois dénoncent ;

I l faut que tu festoies cette année, sans cesser !

C 'est avec plaisir que ces mots doux se prononcent.

E t, bonne année ! Chaque jour, chille, sans stresser !

Jean JEUDI D.

Bonne année, mon cher Giovanni,
Qu'en toi les ennuis soient bannis
Et le chemin vers ton bonheur aplani !

Grande est ma joie en ce jour des festivités ;

Il faut aussi te réjouir comme moi, l'ami !

On fera la fête jusqu'à en léviter

Valsant, débordant d'entrain comme un tsunami !

A toi, je souhaite bonne année, sans hésiter !

Ne fais que rire en fêtant comme à Miami !

Ne t'en fais pas, tu as mes vœux d'alacrité,

Ils valent autant qu'un câlin de ta mamie !

Bonne année, ma belle Eurydice !
Cette année, tu auras dix sur dix
Si tu fais tout pour que ta joie grandisse !

En selle ! Commence cette année, à cheval !

Un vent apaisant de bonheur, qu'il souffle en toi !

Rigole à souhait, pour que nos humeurs s'équivalent.

Youpi, ma belle ; cris de joie, sur tous les toits !

Détends-toi ; face aux plaisirs, les ennuis cavalent,

Ils se changent même en fun plus grand que Courtois !

Chérie, tu dois te plaire, en amont, en aval ;

Et, pour ça, je souhaite une bonne année, à toi !

Jean JEUDI D.

Qu'elle te rende heureux, cette année, cher Hermann,
Et que, de ton cœur, la bonne humeur émane !
Aujourd'hui, ris et fais rire ; comme Mamane !

Heureuse année ! Qu'en toi la fête soit totale

Et qu'à vie dans tout ton cœur le bonheur s'installe !

Rire toute cette année ; crois-moi, c'est vital !

Mec, fais la fête non-stop ; que ta joie s'étale !

A toi, je dis : « Bonne année », comme un récital !

Ne pensant qu'à toi, je te jette des pétales ;

Nûment, je t'envoie mes vœux, en carte postale !

Une excellente année ma belle Evelyne ;
Sois-y heureuse tous les jours, ma praline ;
Reste à jamais câline !

Entre en cette année nouvelle tambour battant !

Vas-y, princesse, esquisse un sourire éclatant ;

Et, marre-toi, pour que ton fun soit plus patent.

Laisse-toi aller ; la joie, cette année, t'attend !

Y'a que toi que je veux combler, en t'épatant ;

Ne faisant que t'enduire de fun hydratant,

En te disant : « Joyeuse année ! », en te flattant...

Jean JEUDI D.

Je te souhaite la bonne année, mon Hiroki !
Mets tes problèmes K.O comme Rocky
Et fais la fête en volant haut comme un hokki !

Heureuse année, je te le souhaite de tout cœur !

Il faut que tu fêtes cette année, grandement.

Rien ne doit entamer ton esprit de vainqueur ;

Oublie les soucis et détends-toi, grassement !

Kyrielle de joies à toi ; du seum, sois moqueur !

Il faut t'amuser toute l'année, suavement !

Bonne année, ma petite Fanta,
Toi qui es si douce comme Fanta
Grâce au fun, fais au blues un attentat !

Finir une année en beauté fait trop plaisir !

Attends-toi à mieux cette année comme loisir !

Ne t'en fais pas, chérie, tes jaloux vont moisir !

Tu n'as qu'à fêter, tes ordres sont mes désirs.

A toi, bonne année ! Dans ta vie, tout va rosir !

Jean JEUDI D.

Bonne année, mon cher Idrissa,
Si je te dis ça,
C'est pour t'enjailler fissa, fissa !

Il y a des jours qu'il faut grandement célébrer,

Des fêtes qu'il faut faire comme des timbrés

Rien qu'en chillant avec le champagne sabré,

Insouciants et libres, ne pensant qu'à vibrer !

Souhaite à tes proches le meilleur, sans les chambrer ;

Sois heureux tous les jours, tu ne dois pas sombrer !

A toi, je souhaite bonne année, très calibrée !

Très bonne année, jolie nana ;
Toi qui as bon goût tel ananas
Sucre la vie de tiens, my cute banana !

Fais la fête, meuf ; fais-la comme pas possible !

Il faut que, cette année, le bonheur soit ta cible !

L'année nouvelle commence, au fun, soit sensible !

Les joies, toute l'année seront irréversibles !

Eh, bonne année ; que le fun te soit accessible !

Jean JEUDI D.

Heureuse année, mon beau Jérémie,
Voici mes vœux émis :
Répands la joie autour de toi et frémis !

Je te souhaite bonne année, toi, mon préféré !

Entre toi et la joie, rien va interférer !

Rien qu'à la bonne humeur tu dois te référer ;

Ensuite, le bonheur te sera transféré !

Marre-toi, comme un fou, l'aval t'est conféré !

Il te faut chiller ; le blues est à déférer.

En total plaisir, mes vœux te sont proférés !

Bonne année, ma chère Florence !
C'est bien à toi que je fais référence
Quand je dis que tu es ma seule préférence !

Finir l'année en beauté, tu peux y arriver ;

La seule chose à faire, c'est de trop sourire.

Oublie tes peines, il faut les désactiver.

Rien ne devrait te faire plus plaisir que rire.

En cette année, la liesse, il ne faut t'en priver.

Ne cherche que ton bonheur, jusqu'à en mourir !

Chérie, bonne année ! Reste belle et motivée

Et tu te réjouiras toujours, sans coup férir !

Jean JEUDI D.

Je te souhaite une bonne année, dear Jamie,
Accueille mes beaux vœux et ceux d'Amy ;
Perçois-y tout le rythme fou des DJ mis !

Je t'adresse mes plus beaux vœux en ce ce beau jour

Il faut que tu exploses de joie au grand jour !

Mec, kiffe, fête sans cesse et, ça tous les jours ;

Marre-toi, il faut t'amuser, pour toujours !

Yeah, bonne année ; à l'année qui vient, dis bonjour !

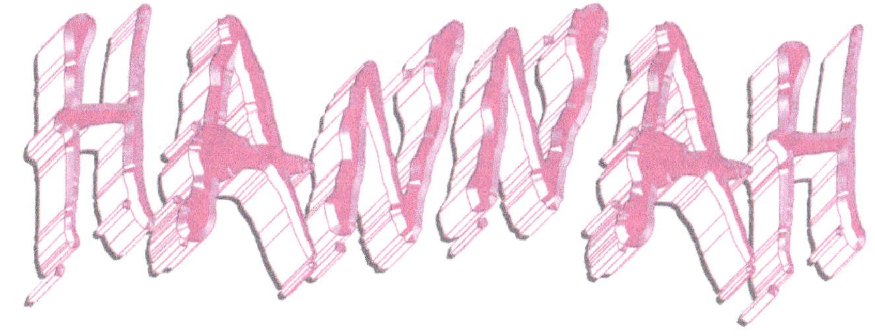

Cherie Hannah,
My sweet banana,
Je te souhaite une année au goût d'ananas !

Heureuse nouvelle année à toi, ma chérie !

Avec liesse, ces beaux mots, je te les adresse.

Ne fais que t'y réjouir comme dans une série.

N'aie pas peur : pour vivre ton bonheur, rien ne presse.

Avec joie, du fun, deviens l'unique égérie !

Hey, bonne année ; commence-la avec tendresse !

Jean JEUDI D.

Bonne année, mon cher Jonathan,
Tu sais ce qui est jaune et attend !?
Mon paquet cadeau que je t'offre en m'éclatant !

Je ne peux que te souhaiter une très bonne année

Oscillant entre entrain, fun et gaieté intenses !

Ne t'inquiète pas, tu vas t'amuser, planer

Au point d'atteindre le vrai bonheur, en pitance !

Tu seras rempli d'un plaisir instantané ;

Heureuse année, mon ami, maintiens ta constance !

A toi, je lance mes bonnes ondes glanées ;

Ne fais que te réjouir, c'est ma seule insistance !

Bonne année, ma belle Inès,
Réjouis-toi avec beaucoup de finesse
Pour que ton bonheur renaisse !

Il faut que je te dise un truc, hein, ma jolie :

Ne penser qu'à t'enjailler, c'est si admirable !

En cette année nouvelle, fête à la folie

Si tu veux que ta vie soit plus qu'adorable !

Jean JEUDI D.

Merveilleuse année, mon beau Joseph !
Cette année, tu ne te prendras de vent, de zef !
Et, des soucis, tu n'en auras pas bésef !

Je ne sais pas pour toi, mais, moi, je suis aux anges ;

On commence une année avec plein de promesses.

Si tu veux que tout y soit carré, pas losange,

Enjaille-toi non-stop, comme dans une kermesse.

Poteau, bonne année ! Je le crie comme un mésange :

Heureux, sois-le toute l'année, sans basses messes !

Une très bonne année, ma Jennifer,
La fête, toute l'année, il faut la faire,
Poursuis ton bonheur, ne lâche pas l'affaire !

Je ne sais pas s'il y a plus beau que faire rire

Et surtout en clôturant une année parfaite.

Ne t'inquiète pas, ton plaisir ne va pourrir ;

Ne pense qu'aux bonnes choses, même surfaites.

Il n'y aura que le bonheur pour toi, sans rire ;

Frime, cette année, tu la vivras sans défaite.

Et, pour qu'elle commence avec un grand sourire,

Rien que crier : « Bonne année » te fera ta fête !

Jean JEUDI·D.

Je te souhaite bonne année, mon Julian !
Cette année, fais la fête même en viviane,
Même en sautant de liane à liane !

Joyeuses fêtes, l'année nouvelle commence ;

Une année qui promet des plaisirs à l'excès !

La fête, fais-la avec une gaieté immense.

Il est temps enfin, qu'au bonheur, tu aies accès.

A toi, je dis : « Bonne année ! », comme une semence.

Ne t'en lasse pas, ris ; pense à te relaxer !

Ma très chère Jessica,
Bonne année, je te le dis sonica :
On fêtera cette année à l'harmonica !

Je suis tout en liesse quand arrive ce jour.

Et, comme chaque année, je m'enjaille toujours !

Si tu veux bien rire et le faire tous les jours,

Si tu veux que ta joie soit mise au goût du jour,

Il est temps de festoyer, de te mettre à jour !

Chère amie, je te dis : « Bonne année » en ce jour !

A tes proches, souris et passe le bonjour !

Jean JEUDI D.

Tu sais quoi mon beau Kévin,
Je ne sais pas si, mon bonheur, tu le devines
Quand je te souhaite bonne année, bonté divine !

Klaxonnant gaiement, je te souhaite bonne année !

Engoue-toi ; laisse l'air du fun, sur toi, planer !

Vise toujours haut, ne laisse ta joie faner !

Il te faut chanter, danser, être spontané

N'en démords pas, fais la fête jusqu'à caner !

Bonne année, ma belle Joyce,
Tu n'as rien à envier à James Joyce,
Car tu vas fêter à bord d'une Rolls-Royce !

Je te souhaite une année merveilleusement belle ;

Oublie tes problèmes passés, c'est une poubelle !

Y'a qu'au vrai bonheur qu'il te faut penser, ma belle !

Cette année, crie de joie, pète les décibels !

Et, joyeuse année ! Fête, comme une rebelle !

Jean JEUDI D.

Joyeuse et heureuse année, Léonard,
Fais la fête tous les jours, pénard !
Et, oublie les soucis, les connards !

L'heure de grandes réjouissances a sonné ;

Exprime donc ta joie, de façon passionnée !

Oublie tout et fais la fête sans raisonner !

Ne pense à rien d'autres qu'à ton fun foisonné

Au point qu'avec le bonheur tu sois fusionné !

Rassure-toi, cette année, tout va fonctionner ;

Des : « Bonne année ! », je t'envoie à en frissonner !

Très bonne année, ma belle Kimberly,
Aujourd'hui, tu n'as pas à chercher Charlie
Car on va fêter, décoller, comme à Orly !

Kim, cette nouvelle année sera très géniale ;

Il n'y a qu'aux beaux plaisirs qu'il te faut penser !

Ma cocotte, cette année sera très spéciale.

Bouge ton corps, souris et ne fais que danser ;

Enjaille-toi, fais la fête et sois conviviale ;

Rien ne doit t'attrister, il faut te balancer !

L'année qui commence sera belle et spatiale ;

Y'a que pour ça qu'une « Bonne année » t'est lancée !

Jean JEUDI D.

Bonne année, mon Lionel,
Toi un garçon si exceptionnel ;
Que cette année soit pour toi sensationnelle !

Le grand jour est arrivé : oui, c'est le jour J !

Il est temps de s'émerveiller, de célébrer !

On va fêter cette année, avec énergie !

Ne t'en fais pas, le champagne, on va le sabrer !

Et, je te souhaite bonne année, sans allergies !

La chose qui te reste à faire, c'est vibrer !

Bonne année, ma chère Laetitia,
Que tu habites une villa ou une Macia
On va fêter, agitant des fleurs d'acacia !

L'année qui commence promet des étincelles ;

Alors, prépare-toi à t'y plaire instamment.

Enjaille-toi ; car, comme dans un carrousel,

Tu vas faire le tour de ta joie ardemment.

Il n'y a que le fun qui compte, mets-toi en selle !

Tu n'as plus qu'à faire la fête et sciemment.

Il est temps : mets, aux cœurs de tiens, ton grain de sel.

Amie, très bonne année ! Brille, comme un diamant !

Jean JEUDI D.

Bonne année, mon cher Lucas,
Cette année, ce n'est pas ça passe ou ça casse,
C'est plutôt, ça surpasse ou ça dédicace !

L'année a commencé de très belle manière ;

Un air de bonheur comble d'une joie entière !

C'est la fête aujourd'hui, alors ris, fais le fier !

A toi, je crie : « Bonne année », comme une prière ;

Sois cool ; fonce dans le fun, tête la première !

Bonne année, ma Maeva d'amour,
Qu'elle te soit belle et glamour
Pour garder ton sens de l'humour !

Maintenunl, il est temps pour toi de célébrer !

Ah ; en cette année nouvelle, tu dois vibrer !

Et, s'il le faut, fête comme une vraie timbrée !

Viens, même le champagne, on va bien le sabrer !

A toi, je souhaite bonne année, sans te chambrer !

Jean JEUDI D.

Que cette année soit belle pour toi, Marcus !
Sur ton bonheur et de tiens, reste focus ;
Que tu savoures la vie, j'y tiens mordicus !

Mec, aujourd'hui, on fêtera, jusqu'à pas d'heure ;

Attends-toi à te marrer comme pas possible !

Rigole, donne à ta joie plus de profondeur !

C'est une nouvelle année ; au fun, sois plus sensible

Une bonne année, à toi ! Fête, à bon entendeur !?

Souris et plus rien ne te sera impossible !

Joyeuse année, ma belle Maïmouna !
On va faire la fête, comme les pounats ;
Comme Shy'm, Queen B, P-Square ou Ozuna !

Maï, ma belle, on y est ; c'est la nouvelle année !

Alors, il est temps de fêter comme entendu ;

Il est temps, chérie de s'envoler, de planer ;

Maintenant, amuse-toi et sois détendue !

Oublie le reste ; cette année, sois spontanée !

Un truc doit t'enjouer : avoir la poire fendue.

Ne tarde plus, ton bonheur, il faut le glaner ;

Amie, bonne année ; fête, les mains étendues !

Jean JEUDI-D.

Très bonne année, mon cher Martin !
Cette année, tu seras heureux, c'est certain
Si tu crois en toi et que tu restes fortin !

Mon pote, on l'attendait tous avec impatience.

Ah oui ; on y est, c'est la nouvelle année, yes !

Rassure-toi, tout sera cool ; fais-moi confiance !

Tu y as droit : pense, au bonheur et à la liesse !

Il faut te lâcher ; cette année, mets-y l'ambiance !

Nûment, je te souhaite bonne année, sans faciès !

Je te souhaite une très bonne année, maman !
Ça se voit, c'est clair la-haut, dans le firmament
Cette année, tu vas briller, comme un diamant !

Mom, l'année commence ; fais péter le pop-corn !

A cheval ; faisons la fête à dos de licornes !

Montre ta joie à qui veut ; dépasse les bornes !

A toi, je crie : « Joviale année » ; que l'entrain t'orne !

N'oublie pas ; cette année : mille joie, zéro corne !

Bonne année, mon beau Maxime !
Que cette année soit belle, génialissime ;
Tous les jours, vise toujours le sommet, la cime !

Max, crois-moi, cette année, c'est la bonne, mon pote !

Attends-toi à une année carrément parfaite !

XXL soit ta joie ; chille, même en compote !

Il n'y a qu'un truc auquel il faut penser : la fête !

Mec, avec tous tes proches, danse, ris, papote !

Et, moi, je te souhaite une bonne année, bien faite !

Ma chère, il pleut de joie dès que tu as ri.
Je te crie : « Bonne année », ma belle Marie !
Je te souhaite un bonheur qui ne tarit !

Magnifique année ! C'est le vœu que je t'adresse !

Amie, commence ton année tout en tendresse.

Rien ne doit te ralentir ni ennuis ni stress.

Il te faut atteindre le bonheur, le temps presse !

Et, bonne année, je veux que ce souhait te caresse !

Jean JEUDI D.

Bonne année, mon ange, mon Michaël !
Qu'elle te soit précieuse comme un Raphaël ;
Qu'elle te soit fertile même au Sahel !

Mec, prépare-toi et ne sois pas à la bourre ;

Il ne faut que tu rates le compte à rebours ;

C'est l'année du fun, accueille-la en tambour !

Heureuse sera cette année, en ville, en bourg !

A toi, je souhaite le meilleur, en calembour

En te disant : « Bonne à nez » ! Fais-y bon labour !

Le bonheur, il faut qu'avec lui ton cœur se bourre !

En cette année nouvelle, chère Marine,
Sois juteuse comme une mandarine,
Et danse de joie comme une ballerine !

Maintenant que cette année s'achève très bien,

Agis afin que celle qui vient soit meilleure.

Rien qu'à toi, je crie : « Bonne année » ; fais-toi du bien ;

Installe à vie le bonheur dans ton cœur, d'ailleurs !

Ne pense qu'à sourire comme les zambiens

Et vis le vrai bonheur sans la moindre frayeur !

Jean JEUDI D.

Telle la force de la poussée d'Archimède
Je vais te conduire à chiller, en remède
Pour bien fêter l'année nouvelle, Mohamed !

Mets-toi sur ton trente et un, mec ; on y est, mon pote !

On finit l'année qui t'a tant mis en compote !

Heureuse sera celle qui vient et dépote !

Amuse-toi et avec tes proches, papote ;

Même sans saveurs, la chicha du fun, pipote !

Et, je te souhaite bonne année, de la popote ;

Détends-toi, marre-toi, sans que rien ne capote !

Une très bonne année à toi, ma Mélanie,
La chance de te connaître nul ne la nie ;
Miss, va vers ton bonheur, la voie est aplanie !

Magnifique et belle sera l'année prochaine !

Enjaille-toi ; de l'ennui, brise toute chaîne.

La liesse est là ; alors, il faut que tu enchaînes.

Amuse-toi ; ton fun, il faut qu'il se déchaîne.

Ne t'en fais pas, les plaisirs seront à la chaîne !

Il n'y a qu'à ta joie que je pense, ma gretchen,

En te criant à souhait : « Bonne année », sur un chêne !

Jean JEUDI D.

Bonne année, cher Moussa,
Sois au top du top ; ne sois pas couci-couça
Les cœurs de tes proches, amuse-moi tout ça !

Mon ami, c'est la fête, c'est la grande trêve !

Oublie tous tes soucis, bouge et suis la cadence !

Une année stylée t'attend, une année de rêve ;

Si tu veux t'y réjouir, souris en abondance !

Sois en sûr : je ne veux pas que ta joie soit brève ;

À toi, je souhaite bonne année, avec une danse !

Heureuse année, ma belle Mélissa,
C'est avec plaisir que je te dis ça
Pour que tu te réjouisses fissa !

Ma chère, on est à la partie que j'affectionne ;

Enfin, c'est la fin de l'année, ça me passionne !

L'heure est bien aux réjouissances qui impressionnent.

Il est temps de te plaire ; avec le fun fusionne.

Souris sans cesse, festoie comme une vraie lionne !

Sincèrement, bonne année ! Que ta joie rayonne !

A toi, Miss, je souhaite une année où tout fonctionne !

Jean JEUDI D.

Bonne année, mon Nelson,
Oui, l'heure de ton bonheur sonne !
Tu sais qui est contre ça : personne !

Ne t'en fais pas, cette année sera très sapide.

Enjaille-toi, fais la fête tambour battant !

Le sourire rendra ta gaieté plus limpide

Si tu peins ton humeur des rires éclatants !

Oublie le blues, cours au bonheur et sois rapide !

Nelson, bonne année, tout y sera épatant !

« Bonne année, Monica ! »,
Je le chanterai avec un harmonica
Pour t'apaiser comme l'arnica !

Ma joie est grande en cette année particulière ;

On y vivra avec toi pas mal de surprises !

Ne fais que rire, même comme une écolière !

Il n'y aura que du succès dans tes entreprises !

Chère amie, marre-toi, de toutes les manières ;

A toi, je souhaite une année heureuse, une brise !

Jean JEUDI D.

Bonne année, mon petit père,
Avec le bonheur, fais la paire
Et toute cette année sera pépère !

Papa, l'année qu'on commence nous tend les bras ;

Alors, ouvre grand ton cœur en signe d'accueil !

Prêt !? Vis une année magique : abracadabra !

A toi, je dis : « Bonne année » ; mes vœux perchés, cueille !

A toi, je dis : « Bonne année ! », chère Natasha,
On va s'amuser ; j'ai fait tous les achats
Pour qu'on fête, toute l'année, en jouant à chat !

Ne pas s'enjouer aujourd'hui serait criminel.

Amuse-toi, fais-le de façon solennelle !

Tu n'as à te poser des questions rationnelles ;

Amuse-toi, de façon non conventionnelle !

Sans cesse, je te souhaite mes vœux personnels :

Heureuse année ! Que ton bonheur soit éternel !

Avec la joie ait une relation fusionnelle !

Jean JEUDI D.

Bonne année, mon adorable Patrick,
Avec les tiens, construis ta joie brique par brique,
Et, pour le faire, pas besoin de fric !

Pour fêter l'année nouvelle, esquisse un sourire !

Année nouvelle, nouvelles joies à chérir ;

Tu dois toute l'année, de l'entrain, te couvrir !

Rigole sans cesse et fais la fête à mourir !

Indéfiniment, ne laisse ton fun tarir.

C'est à toi seul que mon « Bonne année », j'ose offrir !

Klaxonne, crie et fête cette année en rires !

Bonne année, ma jolie Nathalie,
Façonne ta joie comme les vins d'Italie,
Et bois-la, entièrement, jusqu'à la lie !

Ne te sens qu'aux anges quand une année commence

Afin qu'elle te soit agréable et utile !

Tu as droit à tout, à l'entrain, à la romance !

Heureuse année, chérie ! Dans ta vie, mets du style !

Agis pour que le bonheur, en toi, soit immense,

Laisse-le, gaiement, rendre ton beau cœur fertile.

Il faut planter la joie en graines, en semences

Et tu en récolteras des plaisirs subtils !

Jean JEUDI D.

PHILIPPE

Bonne année, mon beau Philippe,
Il ne faut pas que tu flippes :
Pour fêter l'année nouvelle, on va faire un clip !

Pour toi, le vœu d'infinies joies, je le formule !

Heureux, sois-le toute l'année, comme une mouette !

Il faut t'enjailler, comme une tête de mule ;

L'année qui commence va être super chouette !

Il faut que l'amour, dans tout ton cœur, s'accumule

Pour qu'il déborde dans ceux de tiens qui le souhaitent !

Prends du plaisir, fais la fête ; ton fun, stimule !

Et, bonne année, mon beau ; chille, lâche ta couette !

Je te souhaite, avec un cœur joyeux qui frémit,
Une heureuse année, chère Noémie,
Bonheur et santé, voilà mes vœux émis !

Ne pense qu'à t'amuser et à rigoler ;

Offre, à tous, tes vœux pour cette année à venir !

Et oublie tes soucis, je vais bien t'épauler !

Miss, très bonne année ! Fête, sans te retenir !

Il ne faut pas que ta gaieté te soit volée

Et ton bonheur, cherche à toujours la maintenir !

Jean JEUDI D.

Bonne année, mon cher Pierre,
Cette année, tu as de quoi être fier ;
Ta satisfaction chaque jour sera entière !

Pierrot, je te souhaite bonne année, franchement !

Il est temps de la célébrer comme il se doit !

Enjaille-toi, avec style et relâchement.

Ris sans cesse ; ton spleen, je le pointe du doigt !

Rien qu'à toi, je dis : « Heureuse année », fraîchement

Et, cette année, la joie ; mets-lui la bague au doigt !

Bonne année à toi mon onctueuse Olive,
Qu'aucun danger, de la joie, ne te clive,
Que ton année soit sucrée, que tu en salives !

On va trop s'enjailler, jusqu'au bout de la nuit ;

La fête, on la fera de minuit à minuit !

Il faut qu'en cette année tu oublies tes ennuis !

Vis ta vie, à fond ; plus aucun excès ne nuit !

Enjaille-toi ; bonne année, kiffe, jour et nuit !

Jean JEUDI D.

Joyeuses fêtes, bonne année, Quentin,
Tu peux la fêter avec un air enfantin
Sans que pour personne tu ne sois le pantin !

Que la fête commence ! Il est temps de chiller !

Une nouvelle ère est en train de se profiler !

Enjaille-toi, mon ami ; cesse de biler !

Ne t'en fais pas, aujourd'hui, on va jubiler ;

Tu n'as qu'à faire pareil, sans te défiler !

Instamment, je te souhaite bonne année, stylée ;

Ne fais que t'y réjouir, en plaisirs compilés !

Tu sais, même dans une favela
Ou même dans une série novela,
Je te dirais, gaiement, bonne année, Pamela !

Pour qu'une année nouvelle commence à merveille,

Avec faste, il faut fêter ses premiers instants !

Mon ange adoré, mets tous tes soucis en veille

En gardant le rythme de ton bonheur constant.

Le vœu de bonheur, je te le souhaite et j'y veille !

A toi, je dis : « Superbe année », en insistant !

Jean JEUDI D.

Bonne année, mon ange, mon Raphaël !
Entre en cette année sans haine, surtout pas elle !
Et, les réjouissances, ne pense qu'à elle !

Respire un grand coup, mec ; aujourd'hui, c'est l'éclate !

Allez, mets tes plus beaux habits, ceux qui te flattent !

Prends ton pied à fêter, que tes yeux s'en dilatent !

Heureuse année ! Que la voie du fun te soit plate !

Aujourd'hui, on chille, personne ne blablate.

Et toi, rougis de bonheur, d'un rouge écarlate !

La liesse, à fond, vis-la ; qu'on ne te la relate !

Bonne année, ma chère Rachel !
Formidable bachelle,
Ton bonheur, vis-le à grande échelle !

Rachel, souris en cette année qui se termine

Afin que la prochaine soit plus qu'excellente ;

C'est pourquoi je te dédie ces mots qui ne minent :

Heureuse année ! Qu'elle te soit très succulente !

Et, si tu veux que le bonheur te contamine,

Le fun total, dans ton cœur, il faut qu'il s'implante !

Jean JEUDI D.

Très bonne année, Richard ;
Ce n'est pas un charre :
On va fêter bombant le torse sur un char !

Respire un grand coup en cette année qui débute ;

Il faut la fêter comme quand on marque un but !

C'est une année qui promet des joies qui cambutent ;

Heureuse année, mec ; que contre rien tu ne butes !

A fond, fais la fête ; que le seum te rebute.

Reste cool, chille et tout va rouler, en culbute !

Détends-toi ; cette année, tu atteindras ton but !

Bonne année, ma belle Raven,
Toute l'année ta vie sera pleine de veine ;
Et, toute maussaderie sur toi sera vaine.

Rigole puisqu'une année nouvelle commence ;

Amuse-toi, fais de cette année une démence !

Vis la vraie liesse, oublie le seum, la véhémence

Et, elles vont s'améliorer, tes performances.

Ne fais que fêter ! Magique année ; joies immenses !

Jean JEUDI D.

Très bonne année, mon cher Robert !
Ta bonne humeur, il faut que tu la libère
A la manière d'un vrai ado pubère !

Réveille-toi en fun, l'année a commencé !

On va s'y réjouir tous les jours jusqu'à la fin.

Bonne année ! Dans le bonheur, il faut te lancer !

Enjaille-toi pour qu'en fun soit nourrie ta faim.

Reçois pour cette année, mes vœux bien cadencés !

Tressaille de joie ; que ton bonheur ne soit feint !

Bonne année, ma chère Roxane,
Toi qui ne fais rien d'insane ;
Fête comme il faut, fête comme une texane !

Réjouis-toi, en ce moment, comme une tarée ;

Oublie tes soucis, ça doit être un souvenir !

Xylolalie mise à part, on va se marrer !

Amuse-toi, chaque jour, sans te retenir !

Ne pense qu'à te réjouir, à te régaler.

Et pour ça, je te dis : « Bonne année à venir » !

Jean JEUDI D.

Je te souhaite bonne année, Samir !
Je vais t'enfumer d'un fun sentant la myrrhe,
Car, tu es dans ma ligne de mire !

Sois plus qu'heureux en ce début d'année nouvelle ;

A fond, fête cette joie qui se renouvelle !

Mon ami, que la liesse inonde ta cervelle !

Il faut qu'aujourd'hui, ton bonheur, tu le révèles !

Rien qu'à toi, je dis : « Bonne année », d'un high-level !

Bonne année, ma belle Sabrina,
Tu te la couleras douce comme Lina,
Comme à la marina !

Sûrement, l'année qui vient sera épatante.

Avec le sourire, fêtons ; tu es partante !?

Bonheur, en toi, abondera ; hein, ça te tente !?

Ris sans fin, c'est la chose la plus importante.

Il te faut briller comme une étoile montante !

Ne t'en fais pas, cette année sera éclatante.

Au fait, bonne année ! Que le bonheur te sustente !

Jean JEUDI D.

SÉBASTIEN

Très bonne année, mon beau Sébastien,
Je te le dis gaiement, car, à toi, je tiens.
Fais la fête et comble de joie les tiens !

Sois heureux, je t'offre mes vœux humoristiques ;

En ce jour, je te souhaite une joie holistique !

Bonne année ! Je le dis, de façon frénétique ;

Amuse les tiens, de façon systématique !

Souris tous les jours de cette année fantastique ;

Tu y serais en liesse infinie, galactique !

Il est temps que tu fasses la fête, en pratique ;

Enjaille-toi, cette année sera artistique !

Ne pense qu'au bonheur seul, le plus authentique !

Bonne année, ma belle Sandra ;
Ne te mets pas dans de beaux draps
Sinon, tu seras couverte de sparadrap !

S'il faudrait clôturer, en beauté, cette année,

A toi, je dirais « Bonne année ! » mille et une fois !

Naturelle, pétillante et instantanée ;

Dis-le-moi : comment es-tu tout ça à la fois ?

Rien qu'à toi, j'adresse ces beaux vœux spontanés

Afin qu'à ton bonheur entier, tu aies plus foi !

Jean JEUDI D.

Je te souhaite le meilleur cette année, Sergio ;
Célèbre cette année nouvelle comme un djo,
Tel le faisait, à chaque but marqué, Baggio !

Sois en fuego, pour célébrer l'année nouvelle

Et danse à tout bout de champ, avec tous tes proches !

Rigole, noie de jovialité ta cervelle ;

Guinche et aie l'esprit clair comme de l'eau de roche !

Il n'y a qu'en des mots doux que ma joie se révèle ;

Oui, je te dis : « Bonne année », ma phrase d'accroche !

Souris, nous commençons une belle année nouvelle ;

Alors, je veux que ton bonheur se renouvelle !

Ris sans fin ; ta joie, il faut que tu la révèles !

Amuse-toi jusqu'à ce que tu t'échevelles !

Heureuse année ! Le spleen, qu'il passe à la javel !

Jean JEUDI D.

Bonne année, mon Stéphane,
Toi dont la beauté ne fane
Je t'avoue que, de toi, je suis fan !

Sans maux, je veux que cette année tu la commences ;

Tu dois en jouir de la façon la plus parfaite !

Enjaille-toi, l'ami ; que ta joie soit immense !

Pour le meilleur et pour le rire, fais la fête !

Heureuse année ! Vis ta vie comme une romance,

Au gré de gaietés infinies et non surfaites !

Nûment, du bonheur, je te jette la semence

En te souhaitant une sublime année, des joies faites !

Bonne année, ma belle Suzanne,
Célèbre cette année comme à Lausanne
Entourée d'une joie paysanne !

Sereine, en cette année, je veux que tu te sentes ;

Une joie affable, je veux que tu la ressentes !

Zélée, cool, tu l'es ; reste aussi intéressante !

Au rendez-vous du plaisir, ne sois pas absente !

Ne recule pas ; grimpe au bonheur, sans descente !

N'aie pas peur, marre-toi, comme une adolescente

Et crie très fort : « Bonne année ! », en fille innocente !

Jean JEUDI D.

Bonne année, mon beau Tristan,
Je le dis en insistant,
Toute l'année chille et savoure chaque instant !

Tu sais quoi, mec, cette année sera haletante ;

Ris aux éclats et mets-toi en mode détente !

Il y aura du fun à gogo, si ça te tente !?

Sois heureux toute l'année, d'humeur éclatante !

Tu n'as qu'à mettre tous tes ennuis en attente ;

A toi, je dis : « Bonne année », aux joies consistantes !

Ne fais que fêter, que cette année te contente !

Bonne année, ma Tatiana,
Ma merveilleuse super nana,
Mes souhaits, fais-en même un ana !

Tu n'as rien à craindre, ça va être pénard ;

Amuse toi même comme un petit canard !

Toute l'année, pas de lézard, pas de renard ;

Il n'y aura que des rires, du fun : le panard !

Attends-toi au bonheur, c'est l'année des veinards ;

Ne pense qu'à toi et aux tiens, pas aux connards.

A toi, je souhaite une joyeuse année, en nard !

Jean JEUDI D.

Bonne année, mon cher Ulysse,
Toi qui as tant la peau lisse,
Fête à fond ; on n'appellera pas la Police !

Une nouvelle année commence ; allez, réjouis-toi !

L'année qui vient promet une liesse très massive !

Y'a qu'au meilleur qu'il faut penser ; amuse-toi !

Sois heureux, l'ami : tes joies seront excessives !

Sans cesse, fais la fête ; chaque jour, festoie

Et, pour le fun, je te souhaite une année jouissive !

Bonne année, ma jolie, Thérèse,
Je te souhaite le bonheur sans aphérèse ;
Sois heureuse, même un vendredi treize !

Tu sais que le bonheur n'a rien d'inaccessible ;

Heureuse, sois-le toute l'année, c'est possible !

Enjaille-toi ; tu n'as plus à être irascible ;

Ris, marre-toi et danse ; à la joie sois sensible !

En cette nouvelle année, du fun, sois la cible,

Souris non-stop, car le bien-être est invincible

Et, bonne année ! Qu'elle soit une liesse indicible !

Jean JEUDI D.

Bonne année, mon Vladimir,
Tu es dans ma ligne de mire,
Pour recevoir mes vœux qui sentent la myrrhe !

Voilà ! On vient de finir cette année en liesse !

L'année qui s'annonce sera plus fantastique !

Assassine tes ennuis, mets-les tous en pièce !

Détends-toi, mec ; ton bonheur sera galactique !

Il est temps de chanter, de danser sans faciès ;

Maintenant, fête, amuse-toi sans gymnastique !

Il n'y a qu'à toi qu'est souhaitée une vie de joliesses ;

Rien qu'à toi, je dis : « Bonne année », en fanatique !

La chance de le connaître, je ne la nie ;
C'est pourquoi je te dis : « Bonne année, Tiffany » !
Que ta joie nulle autre ne la manie !

Tu sais, la vie n'égaie qu'en se fendant la poire :

Il n'y a qu'ainsi qu'on fête, matin, midi, soir !

Fais la fête et nulle ne te fera d'histoires !

Fête, c'est la fin de l'année, fin de déboires !

Année nouvelle, vis ta vie comme une foire !

Ne pense à rien d'autres qu'au bonheur, rien de noir.

Yes, « Bonne année, chérie ! », garde ça en mémoire !

Jean JEUDI D.

Bonne année, mon beau William,
Cette année sera sucrée, miam miam !
Tu vas y briller tous les jours, plus qu'un diam !

Waouh ! Bonne année, mon cher ami, soit joyeux !

Il te faut sauter de joie, comme tes aïeux !

L'année qui commence aura un accent soyeux ;

L'année qui commence n'aura rien d'écailleux !

Il faut que tu oublies le seum, si rocailleux ;

Amuse-toi ; toute l'année, sois ripailleux !

Mes vœux, je te les grave sur un camaïeu !

Très bonne année, ma jolie Vanessa,
Danse pour accueillir cette année ; fais ça !
Je veux te voir heureuse tous les jours ; c'est ça !

Viens t'amuser, c'est le dernier jour de décembre ;

Alors, il faut que tu fêtes, mieux qu'en novembre !

N'aie pas honte ; réjouis-toi même dans ta chambre

En agitant gaiement la tête et tous tes membres !

Sois intense comme le piquant du gingembre !

Sérieux, bouge ton corps, jusqu'à ce qu'il se cambre !

A toi, je souhaite une excellente année, très ambre !

Très bonne année, mon cher Xavier,
Au bonheur, le sourire est le seul levier ;
Enclenche-la pour que joies coulent tel évier !

XXL, cette année, tu dois la vivre à fond ;

Alors, rejoins-moi, mets ta tenue de grands soirs !

Viens, célébrons cette année ; crevons le plafond !

Il faut que tous les jours soient la très grande foire !

Et, fais la fête, comme les gens cool la font !

Rien qu'à toi je souhaite une année pleine, en victoires !

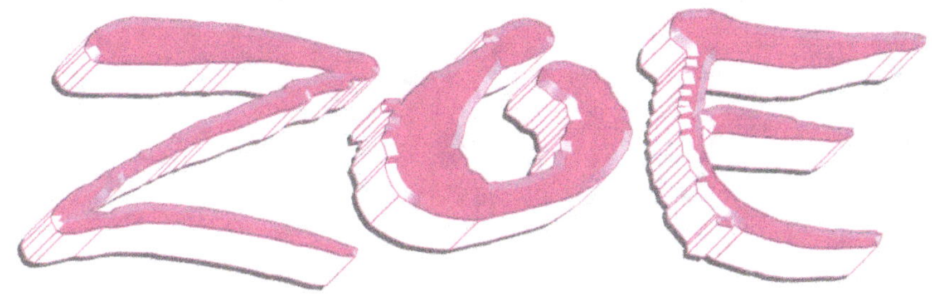

Très bonne année, ma belle Zoé,
Sois pleine de joies, sauvages, comme zoo et
Robinson Crusoé !

Zig, zag : ce soir, on bouge tous, dans tous les sens !

Oui, cette année ; avec la joie, fais connaissance

Et, crie aussi : « Bonne année », en effervescence !

Jean JEUDI D.

Que cette année soit belle, cher Younes,
Les vraies joies, il faut que tu les connaisses
Pour que, toute l'année, ton bonheur renaisse !

Youpi ! L'année nouvelle, en folles joies, commence !

Oui, fais la fête, avec tous ceux que tu adores !

Une nouvelle année, des plaisirs tout neufs, immenses !

Ne t'en fais pas, fais la fête ; gère, en cador !

Enlace et fais rêver les tiens, comme en romance !

Souris quand je te souhaite une année qui redore !

- **CLASH OU POÉSIE** *(Version illustrée)*

Scanner ici 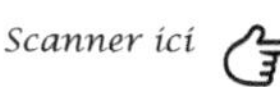 

- **UN JOUR, UNE SALUTATION**

- *Volume 1 :*
  Scanner ici 

- *Volume 2 :*
  Scanner ici 

- *Volume 3 :*
  Scanner ici 

- *Version intégrale*
  Scanner ici 

Jean JEUDI D.
CLASH
OU
POESIE
Une opposition pleine de sens
RIRE SOURIRE

Jean JEUDI D.
CLASH
OU
POESIE
Une opposition pleine de sens
RIRE SOURIRE

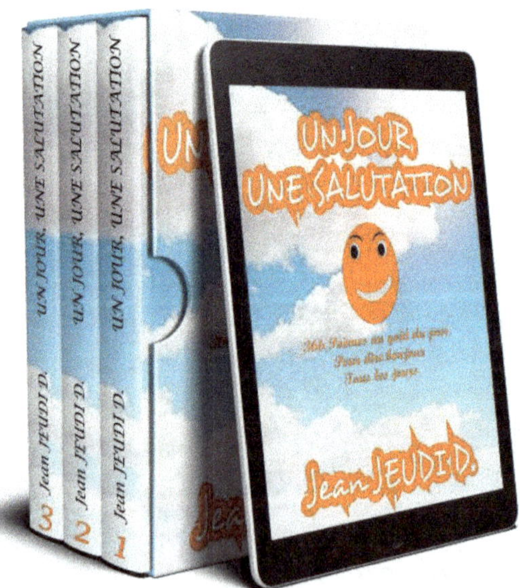

UN JOUR, UNE SALUTATION
UN JOUR, UNE SALUTATION
UN JOUR, UNE SALUTATION
Jean JEUDI D.
Jean JEUDI D.
Jean JEUDI D.
3
2
1
UN JOUR
UNE SALUTATION
Jean JEUDI D.